Adrien GUY-NORRY & Paul MAR

ZIDORE

Opérette en un Acte

Musique de M. Ch. JACOUTOT

Représentée pour la première fois à « La Pépinière, » le 16 Mars 1900.

DISTRIBUTION :

6 H.   7 F.

PARIS

C. JOUBERT, Éditeur. 25, rue d'Hauteville.

Répertoire de la Société Dramatique.

C. JOUBERT, Successeur

ÉDITEUR DE MUSIQUE

PARIS. — 25, Rue d'Hauteville, 25. — PARIS

RÉPERTOIRE

DES OUVRAGES DE CONCERT EN UN ACTE

ABRÉVIATIONS : D. Veut dire du répertoire de la Société Dramatique, 8, rue Hippolyte Lebas. — Le surplus appartient au répertoire de la Société Lyrique, 10, rue Chaptal.

LOC. Veut dire : La musique n'est qu'en location et ne se vend pas.

Opérettes et Vaudevilles

AUTEURS	TITRES DES ŒUVRES	Hommes.	Femm	Prix nets
Saint-Maurice	Abricot (L') d	troupe	»	loc.
De Campisiano	Abs len	1	3	6 »
Vallès-Garnier	Affaire Cœurdeveau (L¹)	5	1	loc.
F. Bernicat	Agence Rabourdiu (L')	1	1	5 »
Japy	A huitaine	troupe	»	
C. Roland	Aiguilleur (L') d	1	1	loc.
Bessière-Ruffier	Ami Vandière (L'). d	7	6	loc.
G. Street	Amour en livrée (L')	3	1	5 »
Desormes	Amour et l'appétit (L')	1	1	4 »
Vallès-Garnier	Amour et sauvetage	3	2	loc.
A. Petit	Amoureux d'Yvonne (Les) d	5	3	loc.
V. Roger	Amour Quinze-Vingt (L')	3	1	4 »
Bottin, Boulay-Layrice	Amours d'un piston (Les)	3	2	loc.
Desormes	Antoine et Cléopâtre d	1	2	4 »
Bessier-Moreau	Aphrodites (Les)	4	8	loc.
Dorfeuil-Moreau	Après la vie de Bohême d	troupe	»	loc.
J. Emmecé	A qui le gosse ?	2	3	loc.
M. Chautagne	Arracheuse de dents (L')	2	1	4 »
Dourel, Roydel, Monjardin	Artistes pour rire d	6	4	loc.
Géraldy	Ascension du Mont-Blanc (L')	1	1	4 »
Oudot de Gorsse	Au Chat qui pelote d	troupe	»	loc.
Banès	Au Coq huppé	3	2	5 »
Uzès	Au soleil d'or d	3	2	6 »
Lebreton-Moreau	Au temps des cerises d	5	3	loc.
Guérineau	Auteur par amour	1	2	5 »
Lebreton-Moreau	Autour d'une guérite d	3	2	loc.
Henry Moreau	Avant le bal	1	1	3 »
Colonge, Carofalo, Combret	Baba Bouzouck d	5	6	loc.
Deransart	Baigneur et nageuse	1	11	3 »
Antigeon	Baigneuses de Cocotteville (Les)	5	9	loc.
Leserre	Barbe-Bleue	1	»	2 »
Ratoée-Tranchant	Bataillon Desroches (Le) d	10	0	loc.
Autigeon-Desplau	Battage (Lé)	2	1	loc.
A. Moyne	Béguin d	2	1	loc.
Wachs	Bibi ou l'Enfant de l'Amour	1	1	4 »
Moreau-Touzé	Belle-mère, nouveau jeu	1	3	loc.
Moreau-Gramet	Bougnol et Bougnol	4	2	loc.
Villebichot	Boum ! Servez chaud	3	2	4 »
Hubans	Breland de bègues	2	1	5 »
D. Bernicat	Cadets de Gascogne	troupe	»	loc.
Banès	Cadiguette (La)	1	1	5
Javelot	Calino amoureux	2	1	3 »
Cellot	Canne d'un grand homme (La) d	2	2	loc.
Lebreton-Moreau	Ca porte bonheur	5	3	loc
V. Herpin	Capricorne (Le)	troupe	»	loc.
F. Barbier	Carmagnole (La)	3	3	5 »
Lebreton-Moreau	Carnaval conjugal (Le) d	9	9	loc.
Autigeon-Desplau	Cascadin et Cie	6	4	loc
Chabaud, Colonge-Tranchant	Ce pauvre Bobinet	2	1	loc.
Vallès-Talber	C'est du coton			loc.
Chelu	Chambre à louer	1	1	2 »
Cuvillier	Chambre à part d	4	2	loc.
Henry Moreau	Chambre de bonne d	troupe	»	loc.
V. Roger	Chanson des Ecus (La)	3	1	4 »
P. Henrion	Chanteuse par amour (La) d	»	1	6 »
E. André	Chaos (Le)	1	1	4 »
Moreau-Boucherat	Chasse royale d	troupe	»	
Lebreton-Moreau	Chasseurs Alpins (Les) d	6	6	loc.

AUTEURS	TITRES DES ŒUVRES	Hommes.	Femm	Prix nets
Cieutat	Chaste Suzanne (La) d	troupe	»	4 »
Yvel	Chéri des Dames	troupe	»	loc.
Dourel-Roydel	Chez la Costumière d	troupe	»	loc.
Meynard	Chez le dentiste	3	1	8 »
Lhuillier	Chez les Corniquets	1	»	1 »
C. Rosenquest	Chicard et l'ébé	1	1	4 »
Ponnier	Chien et Chat d	4	1	5 »
Boulay-Layrice	Choc en retour d	2	2	loc.
Moreau-Gramet	Cinq contre un	3	3	loc.
Villebichot	Cirque Ponger's (Le)	troupe	»	6 »
Bessière	Clou (Le) d	2	2	loc.
L. Collin	Coco Bel-Œil	3	1	6 »
A. Petit	Cocotte et chiffonnier	1	1	5 »
Villemer / Delormel / Péricaud	Colosses de Rhodes (Le)	3	»	4 »
A. Petit	Confection pour dames	2	4	5 »
Lebreton-Moreau	Conscrits brétons (Les) d	7	5	loc.
L. Collin	Conscrit tyrolien (Le)	1	1	3 »
Lebreton-Moreau	Contrôleur des Wagons-Bars (Le)	5	3	loc.
Lebreton-Moreau	Cote et Cocottes	4	4	3 »
De Roze et d'Arsay	Culotte du marié (scène) (La)	1	»	1 »
Berthelot-Roland	Daniel dans la fosse aux lions	troupe	»	loc.
Lebreton-Moreau	Dans cent ans d	2	11	loc.
Sourilas	Dégrafée d	1	3	5 »
Marc Sonal-Pierre Laurey	Départ du régiment (Le) d	5	10	loc.
L. Lefèvre	Dernier verre (Le)	3	1	4 »
F. Barbier	Deux amours de chandeliers	2	1	5 »
F. Matz	Deux avares (Les) d	2	1	8 »
Ch. Hubans	Deux coqs vivaient en paix	2	1	6 »
F. Gracia	Deux estafiers (Les)	2	»	2 »
M. Chautagne	Deux muses (Les)	3	»	4 »
F. Barbier	Deux parfaits notaires (Les)	2	»	4 »
Hervé-Lecocq	Deux portières pour un cordon d	3	»	4 »
Moreau-Boucherat	Diable au Moulin	5	8	loc.
Gramet-Talber	Doigt coupé (Le)	troupe	»	loc.
Saint-Maurice	Doubles Vierges (Les) d	troupe	»	loc.
Moreau-Gramet	Dragon pour deux	3	2	loc.
Sourilas	Drapeau jaune (Le) d	3	2	4 »
Bouvet-Sevry	Dupont et Dupont	4	3	loc.
Dothis, Boulay-Layrice	Duriflard	5	2	loc.
J. Domerc	Ecole buissonnière (L')	3	»	3 »
Yver-Septmons	Eh ! Ohé ! Ladrupette ! d	2	»	loc.
Trebla-Croisier	Elle ! d	4	1	loc.
Ed. Lhuillier	Elle débute ce soir	1	1	4 »
Delaruelle	El senor Piffardino	1	1	6 »
Marsay	En colonne d	troupe	»	loc.
Lebreton-Moreau	Enfant des halles (L') d	3	2	loc.
Jallais Hubans	Enlèvement des Sabines (L')	troupe	»	loc.
Guillemaud-de Marsan	Enfants d'Edouard (Les) d	2	3	loc
Lebreton-Duroc	Enragés d	4	4	loc.
Villebichot	Entre deux jardins	1	1	4
Lebreton-Duroc	Entresol d'Eugène d	4	6	loc.
Garnier-Vallès	Erreur de Bridouille (L')	3	9	loc.
Banès	Escargot (L')	2	3	6 »
A. Pajol	Esprits d'Argenteuil (Les)	4	3	loc.
D. Dihau	Eternel roman (L')	1	1	4 »
Garnier-Vallès	Exploits de Malichard (Les)	5	4	loc.

 ZIDORE

Adrien GUY-NORRY & Paul MARIUS

ZIDORE

Opérette en un Acte

Musique de M. Ch. JACOUTOT

Représentée pour la première fois à « La Pépinière, » le 16 Mars 1900.

DISTRIBUTION :

6 H.   7 F.

PARIS

C. JOUBERT, Éditeur. 25, rue d'Hauteville.

ZIDORE

Opérette en un Acte

DE

MM. ADRIEN GUY-NORRY & PAUL MARIUS

Musique de M. Ch. JACOUTOT

Représentée pour la première fois à « La Pépinière, » le 16 Mars 1900.

PERSONNAGES :

Le Marquis ISIDORE DE KURZY « ZIDORE » 50 ans . . .	MM.	Ransard.
JEAN, domestique du marquis, 28 ans.		Charlot.
Prince SILVIA MURIDOR, rastaquouère, 30 ans.		Parcal.
Le Baron DÉSIRÉ DE BOIS-LANCÉ, 54 ans		Wassor.
*BOB, groom du baron		Clunet.
PHILIPPE DE BOIS-LANCÉ, avocat, 25 ans, amoureux d'Irène.		Mentor.
LÉOCADIE, demi-mondaine, maîtresse de ZIDORE. . . .	Mmes	Carmen Gilbert.
La Marquise EUPHRASIE DE KURZY, 35 ans		Rivoire.
IRÈNE, 17 ans, fille du Marquis		Marthe Martel
CAMÉLIA, demi-mondaine, maîtresse du Baron.		Cellier.
LUCIE		Daisy.
BLANCHE		Pariss.
PALMYRE		Brillan.

* Le rôle de Bob peut être au besoin joué par un travesti.

La scène se passe, à Paris, de nos jours, chez Zidore.

Hall. Porte à gauche donnant sur les appartements du marquis. Porte au milieu donnant sur le parc. Porte à droite. Chaises. Table. Massifs de fleurs. Un canapé à droite.

SCÈNE I

Jean, *seul près de la cheminée.*
(Au lever du rideau, Jean époussetant un siège)

JEAN, *avec humeur.*

... Ah zut !... j' demande cinq minutes d'entracte... *(Il s'assied)* C'est moi que j' les nettoie ces fauteuils, j' peux ben m'asseoir dessus... Et puis un valet.. un « gens-de-maison » vaut bien... suffsit ! j' m'ai compris... C'est pas qu' le marquis de Kurzy, — « Zidore » pour la môme Léocadie, — soit un mauvais patron... Il est plutôt chic type avec moi ce vieux marcheur... Quant à sa femme, la belle Euphrasie,... rien à en dire... La fille de la maison, mademoiselle Irène, est trop jeune,.. elle n'a pas encore d'histoire... Quand je dis « qu'elle n'a pas d'histoire »,... c'est une façon de parler, car je crois qu'elle ne tardera pas à en avoir une par devant m'sieu, le Maire, en compagnie de m'sieu Philippe de Bois-Lancé,... un joli garçon qui est avocat et dont le père, le baron Désiré, fait la noce, avec des cocottes, en compagnie du marquis de Kurzy, mon maître... *(Il se lève)* Mais y en a un qui ne me revient pas du tout... Oh ! mais, pas du tout... C'est un rasta qui se fait appeler... Altesse !... Prince Silvia Muridor... Oh, là, là !... Et qui ne démarre pas d'ici... Faut-y que l' marquis soit aveugle pour ne pas voir que ce type en veut à sa caisse ; que tous les moyens lui seront bons pour y puiser... Je me suis aperçu que ce particulier-là, dont, entre parenthèses, je serais curieux de voir les papiers, tournait autour de la marquise et soupirait pour mademoiselle Irène *(avec haine)* Si j' te l' tenais entre quatre z'yeux ! J' t'y en collerais, moi, des Prince et des Altesse sur le coin de la.. suffit ! .. *(Il se laisse choir sur un canapé).*

UNE VOIX AU DEHORS, *gauche.*

Jean !... Jean !...

JEAN, *sans trop s'étonner.*

C'est le marquis, Zidore... y peut attendre ..

LA VOIX

Jean !... Le courrier !

JEAN

Appelle tant que tu voudras... Jean est fatigué... *(Jean se repose).* Non, mais des fois... *(On sonne, il ne bouge pas. On sonne à tout briser).* J' l'ai là son courrier, y n'est pas perdu. *(Il montre la poche de son tablier blanc).*

LA VOIX, *très distincte.*

Jean !...

JEAN, *se lève.*

Ta bouche, bébé...
(Le marquis paraît, il tient un cordon de sonnette).

SCÈNE II

Jean, le Marquis.

LE MARQUIS, *furieux, à Jean.*

Pourquoi avez-vous fait la sourde oreille lorsque j'ai appelé ?

JEAN

Monsieur le Marquis a appelé ?

LE MARQUIS

Appelé... et *(Il montre le cordon.)* Sonné...

JEAN

Je n'ai pas entendu, sans cela, monsieur le Marquis peut être certain que je n'aurais pas fait attendre monsieur le Marquis... L'acoustique est mauvaise dans ce hall... et la sonnette ne valait guère mieux, puisque le cordon est resté entre les mains de monsieur le Marquis.

LE MARQUIS, *avec humeur.*

C'est bien !... *(Il jette le cordon sur un fauteuil.)* Mon courrier ?...

JEAN, *avec empressement.*

Ah !... Que monsieur le Marquis me pardonne, je l'avais oublié... *(Il présente quelques lettres au Marquis)*

LE MARQUIS, *lui arrachant les lettres.*

Que cela ne l'arrive plus... si non ! *(Geste menaçant, il sort furieux.)*

SCÈNE III

Jean, *puis* Bob.

JEAN, *dédaigneux.*

Si non !... Si ça n' frait pas transpirer des phoques en plein hiver...

BOB, *entrant.*

Mon vieux Jean, le groom des Bois-Lancé te salu... û... e.

JEAN, *souriant.*

Bonjour, mon vieux Bob... Tu arrives à propos.

BOB

Tant mieux alorsse... Car il y en a des flottes qui arrivent toujours au mauvais moment.

JEAN

Tu vas m'aider à mettre le bazar en place... L' Dimanche on n'en finit jamais.

BOB

Volontiers !

JEAN

Et quel impérieux motif t'amène ici, à une heure de l'après-midi ?

BOB

Le baron m'a envoyé porter une lettre à ton singe... J'ai profité, pour venir te serrer la main, des minutes qui sont nécessaires au marquis pour écrire une réponse.

JEAN, *s'approchant de Bob, et lui prenant le bras, l'invite à s'asseoir sur le canapé.*

De quoi retourne-t-il ?

BOB, *prudemment.*

Affaire de femmes...

JEAN, *même jeu.*

Du monde ?

BOB

De tout le monde serait plus juste *(Ils rient)* car il s'agit de Léocadie et d'autres cocottes... Il y a aussi un prince mêlé à l'aventure.

JEAN, *passe 2*

On n'en finira donc jamais avec ces N. D.
D. d'princes ?

BOB

Oui, une Altesse... Je n'sais plus comment.., mais ça finit en *or*...

JEAN

Ça ne prouve pas qu'il en ait beaucoup, si
c'est, comme je le crois, du prince Silvia
Muridor qu'il s'agit.

BOB, *vivement*

Muridor !... c'est bien ce nom-là... Il n'est
pas riche ?

JEAN, *se levant, passe 1, suivi de Bob.*

La purée, oui !... S'il avait pas nos patrons,
y risquerait rien de s'caler des briques, au
lieu de boulotter dans les restaurants chics.

CHANT

LE RASTAQUOUÈRE

Bien pommadé, bien repassé,
Vêtements chics et belle allure.
Sur le boul'vard, on l' voit passer,
L'air arrogant dans sa pelure.
C'est un malin, très intrigant,
Qui s' fourr' partout dans notre monde,
Sous son aspect très élégant,
Il cache un personnage immonde.

Refrain.

Le rastaquouèr', c'est cett' sal' race.
De gens qu'on rencontre partout.
Ça va, ça vient, ça vous embrasse,   } bis.
Ça vous emprunt', ça vous chip'tout... tout !.. }

Sa chain' de montre en vieux doublé,
Sa bague en toc, ses gants gris-perle,
Tout ça j' vois bien qu' ça t'a troublé...
T'as tort, mon vieux, c'est un beau merle.
\ Souvent il se dit princ'
/ Il dit qu'il est prince de sang ;
Aux gogos rich's, il veut l' fair' croire
Mais d' ces princes-là y en a plus d' cent !
Moi j' les connais et j' m'en fais gloire.

(Refrain).

BOB, *avec conviction.*

Oh ! ça... c'est tapé !... *(Jean se gonfle.)*

LA VOIX DU MARQUIS

Bob !...

TOUS DEUX

Le Marquis ! *(Ils rangent le dernier meuble.)*

SCÈNE IV

LES MÊMES, le Marquis.

LE MARQUIS, *entre, tenant une lettre, le visage rayonne.*
passe à droite, à Bob.

Ah ! tu aidais ce brave Jean..

JEAN, *à part, 3e.*

J'suis si brave que cela, maintenant ?

BOB,

Oui, monsieur le Marquis : je ne puis rester
une seconde sans me rendre utile.

LE MARQUIS

C'est très bien, mon garçon... *(Il fouille dans
son gousset).* Prends ceci. *(Il lui donne un louis).*

BOB

Merci, monsieur le Marquis.

JEAN, *à part.*

Il rayonne et casque... Pas d'erreur... Y a
d' la p'tite femme en jeu.

LE MARQUIS, *à Bob.*

Tu remettras ceci à ton maître. *(Il lui donne
la lettre).* Fais diligence...

BOB

Vieux jeu... diligence !... J'ai ma bécane.
*(Il s'élance vers la porte donnant sur le parc, il
fait une courbette en passant devant le Marquis
et se prend les mains en souriant à Jean, qui
remonte rapidement vers la porte fond milieu.)*

LE MARQUIS

Le drôle est spirituel.

JEAN, *redescendant, mielleusement.*

C'est mon élève...

LE MARQUIS,

Ta main... *(Jean tend la main. Donnant quelques louis).* Voici le prix de tes leçons...

JEAN

Monsieur le Marquis est trop bon *(A part)*
C' qu'il doit avoir besoin de Bibi !... C'est un
rêve...

LE MARQUIS 1er

Jean ?...

JEAN 2*

Monsieur le Marquis ?

LE MARQUIS

Tu m'es dévoué ?...

JEAN

Jusqu'à la gauche, monsieur le Marquis.

LE MARQUIS

Eh bien... en deux mots... voici la chose... Il s'agit d'éloigner ma fe..., madame la Marquise et Mademoiselle pendant cet après-midi.

JEAN

Après ?...

LE MARQUIS

Tu m'es dévoué !

JEAN

Je croyais avoir déjà eu l'honneur de répondre, à M. le Marquis, « jusqu'à la gauche ».

LE MARQUIS

C'est juste !... Et bien... (*Il prête l'oreille*) Chut ! les voilà qui se dirigent de ce côté. (*Bruit de voix à gauche. La marquise et sa fille font leur entrée*).

SCÈNE V

LES MÊMES, la Marquise, Irène.

(*Irène 1, Marquise 2, Marquis 3, Jean 4.*)

LA MARQUISE, *au Marquis.*

Nous avons une grâce à vous demander, Marquis.

LE MARQUIS

Elle est accordée d'avance, ma chère Euphrasie.

JEAN, *à part.*

Euphrasie... en v'là un nom (*Il sort à droite.*)

IRÈNE *passe 2, se jetant au cou de son père.*

Papa est si bon...

LE MARQUIS 3, *à la Marquise.*

De quoi s'agit-il ?

LA MARQUISE

Le baron Désiré de Bois-Lancé vient de nous téléphoner qu'il avait une loge pour la matinée du Gymnase...

LE MARQUIS

... Et qu'il la mettait à votre disposition ?... Je reconnais bien là son habituelle galanterie...

LA MARQUISE *et Irène.*

C'est cela même.

LE MARQUIS, *gagnant un peu à droite, à part.*

Il a trouvé le moyen de les éloigner d'ici. Quel roublard !...

IRÈNE, *inquiète.*

Vous hésitez, papa ?...

LE MARQUIS, *à part.*

N'accordons pas trop vite (*Haut*) Oui... et non...

(*Irène 1, Marquise 2, Marquis 3.*)

LA MARQUISE

Enfin (*passe 2*), Monsieur, vous n'aurez pas, — je suppose. — l'affreux courage de priver cette enfant d'un innocent plaisir ?

LE MARQUIS

Loinde moi cette pensée !... (*à la Marquise*) Je vais téléphoner ma réponse au baron... à cet excellent Désiré de Bois-Lancé. (*A part*) Quel roublard !...

IRÈNE, *battant des mains.*

Merci, papa !... Merci, papa !... (*Le Marquis lui adresse un signe amical et sort à gauche*)

SCÈNE VI

La Marquise 1, Irène 2.

LA MARQUISE, *tendrement, s'asseyant sur le canapé.*

Irène ?...

IRÈNE, *allant à la Marquise.*

Chère mère ?... (*Elle reste debout*)

LA MARQUISE, *la prenant par les deux mains*

Regarde-moi bien franchement.

IRÈNE, *troublée*

Voilà, chère maman.

LA MARQUISE

Est-ce seulement la joie d'aller au théâtre qui illumine ces grands yeux-là ?

IRÈNE, *émue,*

Ma mère... (*Elle recule d'un pas sur la gauche.*

LA MARQUISE, *se levant.*

N'est-ce pas aussi un sentiment plus tendre? (*Irène se jette dans les bras de sa mère*). (*baissant la voix*). Tu l'aimes donc bien ?

IRÈNE, *comme en extase.*

Si j'aime Philippe !

LA MARQUISE

Et Philippe t'aime ?

IRÈNE, *avec feu.*

Oh ! pour cela ! j'en suis sûre !... Archi-sûre !

LA MARQUISE, *elle sourit.*

Et comment cette belle passion est-elle venue ?... Depuis quand l'amour s'est-il emparé de ce petit cœur ?...

IRÈNE

L'AMOUR

L'amour ! Cela tient dans un mot,
Dans un regard, dans un sourire
Qui donne l'esprit au plus sot
Et met le plus sage en délire.
Chacun se dit tout bas : « Je l'aime ! »
Sans savoir pourquoi ni comment...
L'amour est un bien dur problème } bis.
On ne peut pas dire autrement.

C'est un sentiment si troublant
Que l'on perd la tête bien vite, trop vite
On est courageux et tremblant,
On se recherche et l'on s'évite.
Puis l'on se dit un jour : « Je t'aime ! »
Sans savoir pourquoi ni comment...
L'amour est un bien dur problème } bis.
On ne peut pas dire autrement.

LA MARQUISE, *à part.*

Comme c'est bien ça... l'amour. (*Haut*). J'en parlerai à ton père et...

IRÈNE, *câline.*

Vous plaiderez ma cause ?

LA MARQUISE, *la baisant au front.*

Oui...

IRÈNE

Que vous êtes bonne, ma mère et que je suis heureuse.

SCÈNE VII

LES MÊMES, Le Marquis.

LE MARQUIS, *entrant brusquement.*

C'est entendu ! Sauvez-vous !... J'ai donné l'ordre d'atteler... et la voiture vous attend... Il est convenu que Philippe vous accompagnera au théâtre... (*La Marquise et Irène échangent un sourire.*)

IRÈNE, *passe 2.*

Merci, mon bon papa, (*Elle lui donne son front à embrasser*).

LE MARQUIS, *l'embrassant.*

Elle est presque aussi grande que moi.

LA MARQUISE, *en riant.*

Irène est bonne à marier...

LE MARQUIS, *sur des épines, passe 2.*

C'est cela... nous danserons à sa noce... mais rien ne presse.. Si, au contraire... dépêchez-vous de partir... La voiture est... (*Irène sort par le fond.*)

LA MARQUISE

Vous avez raison, Marquis..

LE MARQUIS

Parbleu !

LA MARQUISE

A ce soir !... (*La Marquise présente son front au Marquis qui y dépose un rapide baiser. Elle sort aussitôt après Irène.*)
(*On entend le roulement d'une voiture qui s'éloigne.*)

LE MARQUIS, *l'accompagne puis descend.*

Ouf !... J'ai cru qu'elles n'allaient pas s'éloigner. Qu'elles s'amusent au Gymnase, moi je reste ici à attendre la surprise que ce vieux coureur de Bois-Lancé m'a promise... Que sera-t-elle ? je l'ignore,... mais tout ce que je puis présumer, c'est qu'on ne s'embêtera pas... (*Il sonne*).

SCÈNE VIII

Le Marquis, Jean

JEAN, *entrant par le fond à droite et voyant la sonnette que tient encore le Marquis.*

Monsieur le Marquis a sonné ?

LE MARQUIS

Tu le sais bien... puisque c'est ce qui t'a fait accourir...

JEAN

Je ferai humblement observer, à monsieur le Marquis, que monsieur le Marquis commet une erreur.

LE MARQUIS

Vraiment ?...

JEAN

J'entrais pour annoncer à monsieur le Marquis la visite du prince Silvia Muridor, de monsieur le baron de Bois-Lancé et...

LE MARQUIS, *interrompant.*

... Mais je n'ai pas entendu le bruit des voitures du prince et du baron...

JEAN

Monsieur le Marquis oublie certainement qu'il a confié au prince et au baron une clef de la petite porte du parc donnant sur le bois de Boulogne ?

LE MARQUIS

C'est vrai !... Tu as réponse à tout...

JEAN

Monsieur le Marquis est trop bon ..

LE MARQUIS

Fais entrer. .
(Il gagne le fond à droite).

SCÈNE IX

Jean, le Marquis, *puis* **le Baron, le Prince, Léocadie, Lucie, Blanche, Camélia, Palmyre.**

JEAN, *commençant à annoncer.*

Monsieur le Baron...

LA VOIX DU BARON

Non !... pas d'étiquette.

PLUSIEURS VOIX

Au diable l' protocole !...

JEAN, *annonçant.*

Alors !... Tout un n'harem...
(Les danseuses entrent en frappant sur les tambourins. Le baron et le prince sont également ment entrés. Les danseuses entourent le marquis étonné, elles dansent, etc...)

JEAN, *à part.*

Chouïa ! Bono ! Kiff !.. kiff !... (Il mime les mots : « j'ai une idée » et sort vivement).*

TOUTES LES DANSEUSES, *très fort.*

Allah ! .. Allah !.. Ah ! Ah ! Ah !!!
(Elles frappent sur leur tambourin plus fort encore que tout à l'heure et entourent le marquis).
Camélia 2, le baron 3. Léocadie 5, le marquis 4, le prince 6. Lucie 7. Blanche 8.

LE MARQUIS, *vient près de Léocadie.*

Merveilleux ! merveilleux !... Mais si ma femme arrivait ..

LE BARON

Elle est au Gymnase !
(Les trois hommes doivent être un peu au 1er plan.)

LE PRINCE

Nulle crainte à redouter...

LE MARQUIS, *peu convaincu.*

Oui. . vous avez raison...

LE BARON

Comment trouvez-vous la surprise ?

LE MARQUIS, *sur des épines.*

Merveilleuse !... Pas ordinaire...

LE PRINCE

C'est oune idée qui m'est venoue cette nouit.

LE MARQUIS, *à part.*

Tu aurais mieux fait de dormir *(Haut)* Elle ne m'étonne pas de vo: s, Muridor.

LÉOCADIE, *qui est venue se frôler au Marquis.*

Zidore .. j' le gobe.

LE MARQUIS, *tout à fait déridé*

Et moi donc !... Que la fête commence !...

TOUTES

Vive Zidore !... Vive Zidore !..

JEAN, *dans la coulisse*

Chouïa ! Chouïa !.. (Il entre en dansant une arabesque) Kiff !... Kiff !... Bono !.. (Et chante « la Mouquère » (Immense acclamation).
(Jean est à gauche du marquis).

LE MARQUIS, *voulant être sévère, mais ne pouvant conserver son sérieux.*

Jean, qui vous a autorisé ?... (Eclatant de rire) Ah ! l'animal !!!

JEAN, *dansant et chantant de plus belle*

Bono !... Chouïa ! Kiff ! Kiff !... Bouricot !... Macache !. Bono !... Boum ! Boum !...

LE BARON, *enthousiasmé.*

Bravo !... Bravissimo !...

CAMÉLIA, *à Léocadie.*

Et maintenant... Cadie, chante-nous les couplets des fêtardes.

LÉOCADIE

Volontiers !... Vous reprendrez tous au refrain.

VOIX

Oui ! Oui !

LÉOCADIE

CHANT

LES FÊTARDES

Sans nous connaître, on nous méprise,
On nous redoute, on nous maudit,
Et souvent notre âme incomprise
Souffre tout bas de ce qu'on dit.
Mais il faut taire nos alarmes,
Sourire à qui veut bien de nous,
Et nous vendons même nos larmes
Qu'on nous achète à des prix fous.

(Jean 1, Léocadie 2, le prince 3, le marquis 4, le baron 5, puis les femmes)

Refrain.

Aimer, chanter (chanter) danser et rire,
Ainsi nous passons notre temps.
La joie (la joie) est notre seul empire, } bis.
Et nous ne vivons qu'un instant.

Mais qu'importe qu'on nous méprise !
Vive la joie ! Amusons-nous !
Dans le champagne qui nous grise
Nous buvons du ciel malgré tout !
A nous les plaisirs, les caresses
Et les baisers de Cupidon !
A nous la douceur des ivresses
Où tout est rose et tout est bon !

(Refrain).

LE MARQUIS, *à Léocadie.*

Adorable !...

LE BARON, *à Léocadie.*

Charmante ! en vérité...

LE PRINCE, *à Léocadie.*

Délicieuse !...

LÉOCADIE, *aux trois hommes.*

Quelle idée lumineuse !.. Savez-vous que vous seriez très bien en Turcs ?

LE MARQUIS

Moi !...

LE BARON, *montrant le Marquis et le Prince.*

Nous ! *(Léocadie et le Marquis vont au baron.)*

LE PRINCE, *moqueur, montrant le marquis et le baron.*
Eux ?...

JEAN, *au Prince.*

Et puis après ?... Croyez-vous qu'y sont pas aussi bien bâtis que vo're Altesse ?

LE PRINCE, *dédaigneux.*

Ze ne vous interrouze pas.. *(Il tourne le dos à Jean.)*

JEAN, *à part.*

Toi, mon prince, j'ai des démangeaisons de te casser la... suffict !..

(Cette scène entre Jean et le Prince doit se passer très rapidement et n'être pas remarquée par les autres personnages.)

LE MARQUIS, *à Léocadie.*

Pour m'habiller en Turc, il me faudrait des vêtements du pays et je n'ai *pacha dans ma* garde-robe.

(Léocadie, Jean et les femmes rient.)
(Le prince 1, Léocadie 2, le marquis 3, le baron 4.) (Dégageant le canapé.)

LE BARON

Oh ! Pacha !... *(Il se tord)*

LE PRINCE

Très boun !... *(Il se roule avec gravité)*
(Jean 1. Prince 2, Lucie 3, Camélia 4, Léocadie et marquis 1, 2.)

LÉOCADIE

T'as pas de vêtements, Zidore ! Qu'à cela ne tienne... Faites comme moi. *(Aux femmes)* vous autres. *(Elle défait sa ceinture.)* V'là l'turban !...*(Elle est au milieu avec le marquis).*

JEAN, *gigotant.*

Chouette !

LÉOCADIE, *au Marquis.*

Apporte ta tête que je te fasse un turban. *(Le Marquis s'agenouille devant Léocadie qui place le turban)*

(Toutes les femmes ont défait leur première ceinture).

CAMÉLIA

A toi, Baron !

LUCIE

A mes pieds, prince Murquidor.

LE PRINCE, *vexé.*

Mouridour, belle dame. *(Il s'agenouille devant Lucie).*

LE BARON, *s'agenouille devant Camélia qu'il lutine.*

Ce que tu es émoustillante, Camélia.

CAMÉLIA, *qui lui a placé le turban*

Tu vas m' faire piquer Désiré.

(Les trois hommes se relèvent avec le turban).

JEAN, *éclatant de rire.*

Oh !... les bonnes têtes de pipes...

LES TROIS GENT'LSH MMES, *menaçants.*

... Hein ???

JEAN, *vivement.*

.. Turques, messieur... Turques...

LES TROIS GENTILSHOMMES

Ah !.. *(Ils se dérident).*

LÉOCADIE, *aux femmes.*

Enlevez les liquettes !... Et passez les aux pachas à six queues.

(Toutes les femmes s'empressent de retirer la gaudoura (chemise à larges manches) qui recouvre leur costume. Celle dont la chemise ne sera pas employée la placera sur une chaise près de la porte, donnant sur le parc).

LÉOCADIE, *tendant sa chemise au Marquis*

Retire ta jaquette, retrousse ton grimpant... *(Le Marquis semble ne pas comprendre)...* Ton pantalon... Tu comprends donc pas l' français ?... et enfile ça...

LE MARQUIS

Jamais je ne pourrai entrer dans cette chemise. *(Il passe la chemise)* Tiens !.. Tiens !.. ça prête... ?

CAMÉLIA, *au baron, lui tendant la chemise.*

Imite Zidore.

LE BARON, *joyeux à Amélia.*

Ce que la *liquette* va me monter le bourrichon *(Il passe la chemise)*.

LUCIE, *lance sa chemise au prince*

Enfile, Mouridour... *(Le prince prend la chemise.)*

BLANCHE *dernier n°, sa chemise à la main.*

Et la mienne ?

JEAN

Amène par ici, belle *obélisque* de la rue du Caire.

BLANCHE, *remonte un peu, puis revient.*

Tiens ! *(Elle lance la chemise à Jean)*.

JEAN, *à Blanche.*

Passe la moi... dis ?

BLANCHE

Sale type... va !... En a-t-il des mirettes polissonnes. *(Elle lui passe la chemise et le frôle)*

JEAN

Dame... j' suis pas *nunuque*.

LÉOCADIE, *aux hommes.*

Vous êtes tous magnifiques !

TOUTES LES FEMMES

Pour sûr !!!...

LE MARQUIS, *au baron.*

Pourvu que la marquise n'arrive pas...

LE BARON, *lutinant Camélia.*

Mais non... mais non...

LÉOCADIE

Zidore est épatant... Tout lui va.

LE MARQUIS

Il est de fait que je n'ai jamais ennuyé mes tailleurs.

JEAN, *à part.*

Comme le prince... Seulement, lui, ce sont les tailleurs qui l'embêtent.

LÉOCADIE, *aux hommes*

Maintenant, vous allez danser en l'honneur de vos sultanes... Jean sera le grand eunuque.

JEAN

Pardon !... Pardon... J'aimerais mieux Grand-Vizir... pour une fois que j' suis turc, je veux l'être tout de bon.

LÉOCADIE

Si tu veux... Ordonne alors que les musiciens du palais viennent accompagner nos danses.

JEAN *réfléchit une seconde, se met le doigt au front.*

Eurékarre !... J'ai trouvé... J'ai trouvé... Boum ! *(Il s'élance au dehors, par le fond gauche)*

LE BARON

Que diable va-t-il imaginer ?

LE MARQUIS

Lui ?... Je ne suis pas en peine...

JEAN, *rentrant avec un petit orgue de barbarie. au milieu fond. Annonçant.*

L'orchestre du Sultan !
(Acclamations générales).

BLANCHE, *à Jean.*

J' te gobe...

JEAN, *à Blanche.*

Oh voui va !...

LE MARQUIS, *désignant l'orgue.*

Un vieux jouet d'Irène ! Jamais je ne pourrai danser avec cette chemise.

TOUTES LES FEMMES

Mais si ! Mais si !...

JEAN

En place pour un trémoussement aussi animé... qu'oriental...

JEAN

Attention !... *(Danses, soudain il s'arrête et crie)* : Crais !... Crais !... V'là madame la Marquise.

LA VOIX DE LA MARQUISE, *cantonade.*

Attendez-moi, mes enfants... je reviens.

(Sauve qui peut général. Les odalisques, le Prince, le Baron, Jean disparaissent par les portes donnant sur le parc. Le Marquis et Léocadie, qui n'ont pas eu le temps de s'esquiver, se cachent derrière une draperie. Au moment où ils ont disparu, la Marquise entre).

SCÈNE X

La Marquise, *puis* **le Prince,** *puis* **Jean.**

(La Marquise jette un rapide coup d'œil autour d'elle ; puis se dirige vers le canapé sur lequel sont restés des tambourins. Elle voit alors les tambourins, la chemise et les ceintures déposées sur un siège).

LA MARQUISE

Il m'avait semblé entendre de la musique tout à l'heure. Des tambourins, une chemise turque, des ceintures orientales... Qu'est-ce que cela signifie ?... C'est étrange de voir de tels objets oubliés dans ce hall aussi désert qu'illuminé... Est-ce que ?... Non, Isidore est trop... bêta... Et puis ce serait indigne... Malgré mes trente quatre ans... trois quarts... je puis plaire encore !... C'est du moins l'avis du Prince.

LE MARQUIS, *voix étouffée.*

... Canaille !

LA MARQUISE, *elle va près de la porte et écoute*

Hein !... quoi ?... J'ai eu peur... c'est le vent qui souffle dans les grands arbres *(Elle prend la chemise)* Elle est jolie... si je l'essayais ?... je suis seule... *(Elle passe la chemise* On serait en droit de penser qu'elle a été faite pour moi... *(Prenant les ceintures)* Ces écharpes maintenant... *(Elle en met une en coiffure et place l'autre autour de sa taille .. Elle va se mirer.)* Je ressemble à la Esméralda,... ou bien encore à la poétique Mignon. *(Prenant un tambourin, elle l'agite en faisant des grâces. Le prince entre doucement et s'arrête étonné).*

LE PRINCE, *à part.*

Coumme elle est souâve... *(Il se dirige vers la marquise, haut)* Voilà oune instant pour lequel j'aurais dounné ..

LA MARQUISE, *d'abord effrayée.*

Le prince !... *(Se remettant)* Ah !... vous m'avez fait peur... j'en suis encore tremblante.

LE PRINCE, *avec feu.*

Troummblante !... Ma zé voudrais dounnerrr ma vie entière pour vous épargner ouné douleurr... Car Ouphrasié, zé vous aâime...

LA MARQUISE, *émue.*

Plus bas !... Silvia... plus bas..,

LE PRINCE, *s'accroupissant, à part.*

Silvia !... Elle est perdoue... A moi soun amour et là clef dé la caisse dou marquis.. *(Haut)* où minoûte bénie entre toutes les mi-

noutes, zé vous vois soule sans témoins, sans rasours, sous le ciel étouâlé, avec lé doux chant dou rossignoul pour accoumpagner les battements dé mon courre... comme, vous êtes belle sous cé coustume d'almée... *(Il lui baise longuement la main qu'elle lui abandonne en faiblissant).*

LA MARQUISE. *dans un soupir.*

Silvia...

LE PRINCE

Zé t'aâime... *(Il cherche à la violenter)..*
(Jean est entré à droite, doucement, et s'avance en glissant... Tout à coup, il aperçoit le couple et s'arrête.)

LA MARQUISE, *apercevant Jean.*

Je suis perdûe ! *(Elle se sauve et disparaît dans le jardin.)*

LE PRINCE, *apercevant Jean.*

Vous n'êtes pas perdoue ! *(Courant vers la porte il disparaît.)*

JEAN

Si elle est perdue, il se charge de la r'trouver... l'rasta... J'm'en doutais qu'elles pendaient au-dessus du front de Zidore...ces cornes de Damoclès... Quel bath ! après-midi, tout de même !

(Pendant l'entretien du Prince et de la Marquise, Le Marquis indigné. se démenait et mimait tour à tour les sentiments qui l'agitaient, Léocadie le calmait de son mieux...

SCÈNE XI

Jean, le Marquis, Léocadie.

JEAN, *montant sur une chaise.*

Si je m'attendais à rigoler autant,.. je veux que le crick me...

LE MARQUIS, *émergeant de la draperie.*

.. Jean ?...

JEAN, *sautant vivement à terre.*

Croque !... Ah !... *(Reconnaissant le Marquis)* Quelle frousse, monsieur l'Marquis. ·

LE MARQUIS, *se grattant le front.*

Qu'est-ce que tu en penses ?...

JEAN

Pour moi... *(Mettant deux doigts devant son front.)* Ça n'fait plus d'doute....

LÉOCADIE. *émergeant à son tour.*

Tu l'es !...

LE MARQUIS, *navré.*

Oh !... Cadie (*Ton de reproche.*)
(*Le Marquis courbe douloureusement la tête.*)

LÉOCADIE. *à gauche du Marquis.*

Infortuné Zidore.

JEAN. *à droite du Marquis.*

Infortuné Marquis.

(*Léocadie et Jean doivent parler ensemble.*)

VOIX, *au dehors.*

Misérable !...

LA VOIX DU PRINCE

Carramba !

JEAN

V'là que ça s' corse !

SCÈNE XII

LES MÊMES, **le Prince, Philippe, Camélia,
le Baron, Lucie, Blanche, Palmyre,** *puis
quelques secondes après,* **la Marquise** *et*
Irène.

LE PRINCE, *les vêtements en désordre, entre poursuivi
par Philippe qui lui même est suivi à la queue leu-leu,
par les danseuses et le Baron.*

Carramba don Carramba !

PHILIPPE

Vous êtes un misérable !

LE PRINCE, *toujours poursuivi.*

Répétez oune fois encourre... Ze vous en
pourte le défi...

(*Jean, le Prince, Philippe, Camélia, le Baron,
Lucie, Blanche, Palmyre.*)

PHILIPPE

Misérable !... Misérable !... Misérable !...

LE PRINCE, *courant toujours et poursuivi
par la farandole.*

Ça fait quatre fois... Si vous nè l'aviez dit
qué doux foûois... vous auriez trouvé à qui
parler...

LE MARQUIS

Qu'y a-t-il ?... Mon Dieu !...

LE PRINCE

Ze joure que...

PHILIPPE, *au prince.*

Tu te nommes Rigo Cordecrapoulini...
J'en ai eu la preuve au Palais où ton habileté
est très connue.

LE PRINCE

Alours, ze zouis perdou !

JEAN

Rigo... tu rigoles plous ? heiu ?

PHILIPPE, *au Prince.*

Sortez !...

LE PRINCE

Zé...

JEAN. *bousculant le Prince.*

Allons oust !...

LE PRINCE

Zé m'en vais... parce que zé le veux bien.
(*Bousculade entre le prince et Jean. Le prince est
sorti*).

PHILIPPE, *étonné de voir le baron.*

Mon Père !...

LA MARQUISE, *entre soutenue par Irène.*

Le Baron !

IRÈNE

Monsieur de Bois-Lancé !

LA MARQUISE, *au Marquis, montrant les danseuses.*

Que signifie la présence de ces créatures ?..

TOUTES

Créatures !

LA MARQUISE. *indiquant les costumes.*

Et ces oripeaux de danseurs et de danseuses
du ventre ?

LÉOCADIE

Vous ne les trouviez pas si moches, quand,
il y a quelques minutes, vous faisiez votre
Mignon.

LA MARQUISE, *à part.*

Elles étaient là ! Allons z'y d'une crise ..
(*Haut*). Hi ! hi ! hi !... (*Au Marquis*). Je quitte
cette demeure, où tout n'est que duplicité et
mensonge... Adieu tous... Viens Irène... Tu
consoleras ta pauvre victime de mère... hi !
hi! hi !. (*Irène mime qu'elle ne comprend pas*).

LE MARQUIS, *à part.*

Je respire avec difficulté...

LE BARON, *à la Marquise.*

Pourquoi vous fâcher, belle dame ?... nous
répétions une charade... vous allez voir, tout
de suite. comme c'est simple... Tenez... marquis.. expliquez donc à votre chère épouse...
comme c'est simple...

— 15 —

Le Marquis, *à part.*

Il trouve cela simple... le lâcheur...

La Marquise, *serrant les lèvres.*

J'attends !...

Le Marquis, *s'enferrant.*

Nous... Le baron et moi... Cet excellent Bois-Flotté...

Le Baron

Lancé ! Bois-Lancé...

Le Marquis, *s'enferrant plus encore.*

Bois-Brûlé et moi...

Irène, *bas à Philippe.*

Que de peine ils se donnent pour mentir...

Philippe *bas.*

Les malheureux...

Jean, *à la marquise.*

Si j'osais, — moi qui ne suis qu'un fidèle serviteur, — j'expliquerais clairement une charade aussi simple...

La Marquise

Osez !... Jean... je vous l'ordonne. .

Le Marquis, *bas à Jean.*

Cinquante louis si tu me sauves...

Jean

Monsieur le Marquis a l'intention de donner prochainement en cet hôtel, une grande fête de charité et... pour vous faire une surprise...

Le Marquis, *ton dégagé.*

Rien n'est plus simple...

Jean

... Et comme ces artistes, demi tunisiennes, doivent y figurer en bonne place et assurer le succès de cette fête... Monsieur le Marquis a profité de l'absence de madame la Marquise et de Mademoiselle pour faire répéter le ballet charadeur en question..

La Marquise

Et pour y figurer ?

Léocadie, *montrant le marquis, le baron et Jean.*

Ces Messieurs figuraient des personnages muets... neutres.

La Marquise

Lesquels ?

Camélia

Les gardiens du Sérail... Les eunuques... quoi !

Tous *et* Toutes

Voyez comme c'est simple...

La Marquise, *au Marquis et au Baron.*

Il est inutile d'insister... Passons... Mais, en revanche, vous ferez droit à une demande que je vais vous adresser.

Le Marquis *et le* Baron

Laquelle ?

La Marquise, *au marquis et au baron.*

C'est que vous donnerez votre consentement au mariage que désirent depuis de longs mois...

Le Marquis

Qui ?

Le Baron

Qui ? *(La marquise désigne Irène et Philippe).*

Irène

Philippe ! *(Elle se jette au cou de son père).*

Philippe

Irène ! *(Il prend la main du baron).*

Le Baron, *à part.*

Unir mon fils à la fille d'un *viveur*...

Le Marquis, *à part.*

Jeter ma fille dans les bras du fils d'un *vieux marcheur.*

Le Baron et le Marquis, *ensemble.*

Jamais !...

Irène, *désolée.*

Papa !...

Philippe, *navré.*

Mon père !...

(Les deux pères se drapent dans leurs chemises).

Jean, *bas au Marquis.*

Consentez !.. et j'abandonne mes cinquante louis...

Le Marquis

Silence !

LÉOCADIE, *aux danseuses, assez haut.*

Avoir entre ses mains le bonheur de deux enfants chéris... et leur refuser ce bonheur... C'est moi qui consentirais

LE MARQUIS, *à Léocadie.*

Que dis... Que dites-vous ?

LÉOCADIE

Je dis que si j'étais à ta.. à votre place, à tous les deux... je consentirais... On n'a pas souvent, dans la vie, l'occasion de faire des heureux.

JEAN, *à Léocadie.*

C' que t'en as du cœur...

LÉOCADIE, *à Jean.*

Pourquoi donc que j'en aurais pas ?

LE MARQUIS, *dans un beau mouvement.*

Philippe !... je vous donne Irène.

LE BARON, *à Irène.*

Irène !... je vous donne Philippe.

LA MARQUISE, *sautant au cou du Marquis et s'écriant très fort.*

Ah ! Zidore !!

TOUS ET TOUTES

Vivent les fiancés !!!

(Reprise en chœur du refrain des « Fêtardes » ou simplement du motif du trémoussement oriental)

RIDEAU

Vannes. — Imprimerie LAFOLYE. — 1061-1900.

Auteurs	Titres des œuvres	Hommes	Femmes	Prix nets
F. Beauvallet ..	Faites le jeu, Messieurs d ..	3	1	loc.
Moreau-Gramet	Famille Nitouche (La) ...	3	4	loc.
Lebreton-Moreau	Farces du Printemps (Les) d ..	7	4	loc.
St-Agnan Choler	Faut du prestige (vaud.) d ..	3	2	loc.
Lebreton-Duroc	Faut que j'casse la g. à Baptiste d	4	3	loc.
Flers ...	Femina d ...	troupe	»	loc.
Ch. Gabet ..	Femme de Valentino (La) d..	»		3 »
F. Chaudoir. .	Fête à Claudine (La) ..	1	1	4 »
E. Duhem. ..	Fête à M. le Maire (La) ..	3	2	4 »
Dorfeuil-Bouvet	Fiancé des Nourrices (Le) d .	troupe	1	loc.
Javelot...	Fiancés berrichons (Les).	1		3 »
Soulié....	Fiancés du bonnet de coton (Les)	1	1	5 »
L. Vasseur. .	Fichue idée d.	2	1	5 »
Brigliano-Talber	Fichue situation d ...	4	4	4 »
Liouville. ..	Fièvre phylloxérique (La).	3	2	4 »
Berthe. ...	Fille du charpentier (La). .	3	1	5 »
Lebreton-Moreau	Fille du marin (I a) d. .	8	7	loc.
Lebreton-Soudant	Filles de la Cantinière (Les) d	troupe	»	loc.
Lebreton-Moreau.	Fils à Papa (Le) d. .	troupe	»	loc.
Chaulieu et Bataille	Fils de M. Alphonse (Le) (vaud.) d.	troupe	»	loc.
Duroc-Mailfait.	Five O'Clock de la Baronne. .	7	2	loc.
Villebichot. ..	Fleuriste et typographe.	1	1	5 »
Lebreton-Talher	Foire aux nichons (la) d .	7	7	loc.
Pradels-Quinel.	Fosse aux ours (La).	troupe	»	loc.
Divers. ...	Françoise les bas bleus d.	troupe	»	loc.
Moreau-Soudant	Francs-tireurs de la mort (Les)	troupe	»	loc.
Lebreton-Beissier.	Frangine (La) d ...	troupe	»	loc.
Divers. ...	Fantrognon d.	8	11	loc.
Lebreton-Moreau	Frère de lait (Le) .	1	2	4 »
Garin-Tomy..	Friper's and Co d.	troupe	»	loc.
Lebreton-Moreau.	Friquet d. .	9	7	loc.
Cieutat. ...	Furet (Le) .	»	1	4 »
Moreau-Touzé	Gai gai mariez-vous !. .	4	3	loc.
Moreau-Darsay	Gaités du bastion (Les) .	5	3	loc.
Divers. ...	Gavroche et Loup de mer. .	1	1	loc.
Froyez-Colias. .	Grand Duc Moleskine (Le) d.	6	6	loc.
Lefort ...	Grand papa de la chanson (Le) d	1	1	3 »
Lebreton-Blairat.	Grenouille (La) d .	4	2	loc.
Moreau-Marcus.	Grève des facteurs (La). .	2	2	loc.
M.-Brisac . .	Guerre aux hommes (La) d.	6	7	loc.
Lebreton-Nicolai	Gueule d'Or d. .	6	6	loc.
Lebreton-Moreau	Héritière de Carapattas (L') d	8	8	loc.
Villebichot. ..	Hirondelles de la rue (Les).	»	2	3 »
Lebreton-Blairat	Homme pâle (L') d. .	4	2	loc.
Lebreton-Duroc	Hôtel d'Artistes d. .	troupe	»	loc.
Lebreton-Duroc	Hôtel de Noblepanne d. .	4	4	loc.
Darantière et Bouvet	Hôtel du lac bleu (L') d. .	7	6	loc.
Dourel-Jost . .	Hôtel modèle d. .	7	7	loc.
Antigeon-Dourel.	Hypnotiseur malgré lui (L') d	3	2	loc.
Moniot. ...	Jacotte ...	1	1	5 »
Liger-Aubrun	J'ai perdu Virginie. .	3	1	loc.
Nargeot ...	Jeanne, Jeannette et Jeanneton d	2	3	8 »
Michiels. ..	Jefque et Trinne. .	1	1	4 »
Lebreton-Soudan	J'épouse ma bonne d .	5	4	loc.
A. Perronnet. .	Je reviens de Compiègne..	»	1	4 »
Bernicat ...	Jeunesse de Béranger (La).	3	1	6 »
Lebreton-Moreau.	Jocrisses du mariage (Les) d.	troupe	»	loc.
B. Lebreton. .	Joies du divorce (Les) d .	troupe	7	loc.
L. Collin. ...	Journée aux soufflets (La).	1	1	4 »
Fransois-Derys.	Jules d	1	1	loc.
Herpin. ...	Ki-Ki-Ri-Ki d.	troupe	»	loc.
Soudant. ...	Lâchée. ..	5	1	loc.
Robillard. ...	La vengeance de Ramoli. .	2	1	4 »
Desormes. ...	Leçon de musique (La). .	1	1	4 »
J. Clérice. ...	Léda d.	troupe	»	loc.
Cazaneuve. ...	Loi du pal (La) d.	troupe	»	5 »
Herpin. ...	Lune de Miel (La) d.	4	1	loc.
Moreau-Gramet.	Ma Colonelle.	2	2	loc.
Clairville fils.	Madame la baronne d. .	1	1	4 »
Wachs. ...	Madame le docteur..	2	1	4 »
V. Roger. .	Mademoiselle Louloute.	2	2	5 »
Bessière-Marinier.	Maire et Martyr d.	3	2	loc.
Talexy. ...	Maître Grelot.	3	2	7 »
Bouvet. ...	Major Purjotin (Le).	4	3	loc.
Moyne-Jacoutot.	Mamzelle Claudinette d.	3	2	loc.
T'ar-Nemo Celval.	Mamzelle Culot.	troupe	»	loc.
De Lajarte. .	Mam'zelle Pénélope d.	3	1	7 »
Fransois. ...	Mandat (Le) d.	troupe	»	lo.
Jouhaud. ...	Mariages riches.	1	1	3 »
Moniot. ...	Marianne et Jeannot d.	1	2	8 »
Tollet. ...	Marié sans l'être.	4	»	3 »
Moreau-Duroc.	Maris jaloux (Les).	5	2	lo.
Simiot. ...	Mariés de Nanterre (Les).	1	2	4 »
Gresset-Bernard	Méfiez-vous d'Oscar d.	2	2	loc.
E. André. ...	Melon (Le) (monologue saynète)	1	»	2 »
Moreau. ...	Ménage Poire.	troupe	»	loc.
Desormes. ...	Menu de Georgette (Le).	3	2	8 »
Ch. Gabet . .	Mérite des femmes (Le) d.	4	4	loc.

Auteurs	Titres des œuvres	Hommes	Femmes	Prix nets
Moreau-Boucherat	Médjidié (Le).	3	1	loc.
Soudant. ...	Mimi Vadrouille.	troupe	»	loc.
Lebreton-Moreau.	Miss Kissmy d.	5	5	loc.
Beissier..	Miss Million d.	troupe	»	loc.
Bessier-Moreau.	Môme aux Camélias (La) d.	troupe	»	loc.
Bessière-Ruffier	Môme aux grands yeux (La) d	8	6	loc.
Chassaigne. ...	Monsieur Auguste d.	1	1	3 »
Garnier-Vallès	Monsieur ma belle mère.	2	3	loc.
Lebreton-Moreau.	Monsieur Sans Gêne d.	troupe	»	loc.
Blairat-Neuzillet	Mouche (La) d.	troupe	»	loc.
Moreau-Touzé	Mouche du Coche (La).	4	2	loc.
Joly.	Myope et presbyte d.	1	1	4 »
Desormes.	Nègre de la Porte St-Denis (Le)	3	3	3 »
E. Lhuillier.	Nez enchanté (Le).	1	1	3 »
Lebreton-Blairat	Ninie la Rouquine d	5	3	loc.
Dorfeuil-Moreau.	Le Nez de Cyrano d.	troupe	»	loc.
Herpin.	Noce à Grospoulot (La).	5	7	loc.
F. Barbier.	Noce à Suzon (La).	1	1	4 »
L. Collin.	Noces d'or (Les).	2	1	5 »
Bouvet-Durantière	Nos bons touristes d.	5	4	loc.
Moreau-Gramet.	Nos petites Chattes.	3	5	loc.
Dorfeuil-Guillemaud-Duharnois.	Nos pioupious d	troupe	»	loc.
Lebreton-Moreau.	Nos voisins d.	6	6	loc.
V. Roger.	Nourrice de Montfermeil (La)	2	3	6 »
Ch. Gabet .	Nouvel Achille (Le) (vaud.) d	3	1	loc.
Touzé Prud'homme	Nuit de Noces de Beauflanchet	6	1	loc.
Jacobi.	Nuit du 15 octobre (La) d.	3	4	6 »
Dédé fils.	Oncle et Neveu.	3	»	3 »
Louis Bouvet.	Oncle Maboulin (L').	4	4	loc.
Bessière-Ruffier	Ordonnance Bezuchet (L').	2	2	loc.
Berthelot Roland	Othello chez Thaïs d.	3	5	loc.
Dufils.	Paille et la Poutre (La).	»	2	6 »
Billemont.	Pantalon de Casimir (Le).	1	1	6 »
A. Petit.	Par autorité de Justice d.	5	3	loc.
Dorfeuil-Moreau-Dédé	Paris aux Courses d.	8	8	loc.
F. Barbier.	Par la fenêtre.	1	1	4 »
J. Walter.	Par la Gymnastique d.	2	1	loc.
Henry Moreau.	Partie de Campagne d.	troupe	»	loc.
Ed. Lhuillier.	Pasquinette.	1	1	3 »
Bénédite-Jaucourt	Le pays Vierge d.	troupe	»	loc.
Moreau-Darsay	Pension Carabin.	6	5	loc.
Offenbach-Roques	Péri-Colle (Parodie de Périchole)	2	1	2.50
Perrault-Maty	Perruche de ma femme (La) d	4	3	loc.
Tréblat-St-Cyr	Personne (drame en 5 minutes)	2	1	1 »
L. Collin.	Petit Spahi (Le).	3	3	5 »
Lebreton-Moreau.	Petite baronne (La) d.	troupe	»	loc.
Linas.	P'tite bête vit encore (La) d.	1	1	4 »
Lebreton-Moreau.	Petite colonelle (La) d.	8	3	loc.
id.	Petites Menichons (Les) d.	troupe	»	loc.
A. Petit.	Petits lapins (Les) d.	troupe	»	loc.
Maurey et Jimbu	Petits Trottins (Les) d.	5	6	loc.
Lebreton-Moreau.	Petits Zouzous (Les).	troupe	»	loc.
J. Clérice.	Phrynette d.	troupe	»	loc.
A. Alavoine.	Plumechat et Cie d.	4	6	loc.
F. Barbier	Points jaunes (Les).	1	1	5 »
Desfossez-Piccolini	Pommes d'amour (Les).	6	6	loc.
Cinoh-Verdellet	Pompier d'Endoume (Le).	5	2	loc.
Gresset-Bernard-Letorey.	Pompier d'Ernestine (Le) d.	2	2	loc.
Antigeon-Dourel.	Poste restante 222 d.	4	3	loc.
F. Barbier.	Poupée automate (La).	1	1	4 »
Fay.	Pour qui le gosse ? .	2	3	loc.
A. Lambert.	Première brouille (La) comédie.	»	1	1 »
Couturet.	Premières amours d.	4	1	loc.
F. Barbier.	Premières armes de Parny (Les)	1	3	5 »
Moreau.	Professeur de chant (Le).	1	1	3 »
De Ste-Croix.	Pygmalion d.	1	2	6 »
Garnier-Héros.	Quene du Diable (La) d.	troupe	»	loc.
Delhia-Héros.	Qui va à la Chasse.	2	2	loc.
L. Collin.	Qui se dispute s'adore.	1	1	4 »
Ch. Lecocq	Rajah de Mysore d.	troupe	»	loc.
Villebichot.	Réponse du Berger (La).	1	1	4 »
Jacoutot.	Retour de Kerdrec (Le).	troupe	»	loc.
Meugé.	Retour de Margotte (Le).	1	1	4 »
Roques.	Retour de Mars (Le).	1	2	4 »
L. Collin.	Retour de Musette (Le).	1	1	4 »
Antigeon-Dourel.	Revanche de Verluisant (La) d	5	2	loc.
Antigeon-Dourel-Roydel	Revenants (Les) d.	3	3	loc.
Ch. Thony.	Robes et Manteaux d.	5	»	loc.
F. Chaudoir.	Roi Claquette (Le) d.	3	3	6 »
Briollet-Yvel	Roi koku (Le) d.	troupe	»	loc.
Desormes.	Roland furieux.	3	1	5 »
L. Desormes.	Romance impossible (La).	2	»	2 »
Ch. Gabet.	Rosière de Valentino (La) d.	3	1	loc.
Michiels.	Rosière d'Interlaken (La).	1	1	4 »
Ch. Gabet.	Ruy Black (v.) d.	troupe	»	loc.
Claments.	Saint-Yvon (La) d.	2	1	5 »

AUTEURS	TITRES DES ŒUVRES	Hommes	Femmes	Prix net
Ch. Lecocq	Sauvons la caisse d	1	1	6 »
Barat-Febvre-Bonamy	Septième Escouade (La) d	9	7	loc.
R. Planquette	Serment de Mme Grégoire (Le)	1	1	8 »
Lebreton-Soudan	Serment du marin (Le) d	4	2	loc.
Lebreton-Moreau	Signe de Léda (Le) d	troupe	»	loc.
Ouvier	Simone et Boquillon	2	1	5 »
Lebreton Duroc	Soir de Noce d	1	4	5 »
Mailfai	Soirée bourgeoise	2	2	loc.
Leserre	Soirée d'amateurs ... pochade	5	»	1 »
Lebreton-Moreau	Soldat !	troupe	»	loc.
Gresst	Souffleur par amour d	3	1	loc.
Meyan	Soupirs du cœur	2	3	5
Ch. Malo	Souviens-toi de Clémentine	2	1	
Moreau-Darsay	Spiritisme des Familles	4	4	
Tac-Coen	Surette, Suzanne et Suzon	1	3	loc.
Wachs	Tata chez Toto	2	1	4 »
Lempereur et Pimard	Témoin (Le)	3	1	loc.
Lambert-Lebreton	Terre-Neuve d	3	5	loc.
Marc Sonal	Théophile	2	1	loc.
Chassaigne	Toc	2	2	loc.
Hervé	Toinette et son carabinier	2	1	5 »
Bessier-de-Gorsse	Tonton d	3	3	6 »
Wachs	Totor et Titine	2	1	loc.
Hubans	Tour de Moulinet (Le) d	2	1	4 »
Cartier	Train des Maris (Le)	2	1	8 »
Moreau-Duroc	Tranquil'hôtel	5	4	4 »
Moreau-Darsay	Trente mille francs par an	2	2	loc.
Ch. Gabet	Trésor des Dames d	troupe	»	loc.
Lebreton-Moreau	Treize jours d'un Parisien (Les) d	troupe	»	loc.
id	Treizième spahis (Le) d	troupe	»	loc.
id	Trio de troupiers d	troupe	»	loc.
Lebreton Téramond	Trois Gosses (Les)	4	4	loc.
Lebreton-Moreau	Trois Maçons (Les) d	4	2	loc.
Lambert-Lebreton	Truc du Pharmacien (Le)	4	1	loc.
L. David	Tu l'as voulu d	3	1	5 »
Héros Jost	Tzigane dans les Ménages (La) d	troupe	»	loc.
Javelot	Un amour d'épicier	2	1	4 »
Cardet-Launoy	Un bon ami	2	1	loc.
P. Henrion	Un charcutier dans les fers	1	1	4 »
Chassaigne	Un Coq en jupons	1	1	4 »
Banès	Un do malade	2	1	5 »
Wachs	Un domestique pour rire	1	1	4 »
Moreau-Gramet	Un dragon pour deux	3	2	1 »
G. Laurens	Un futur sur le gril	2	1	4 »
Ch. Malo	Un gendre à poigne	2	2	5 »
Pericaud	Un hercule qui ne veut pas se rouiller	2	1	4 »
Cambillard	Un mariage à la force du poignet	1	1	3 »
Ch. Malo	Un mariage au flageolet	1	1	» »
Dauphin	Un mariage en Chine d	4	1	6 »
Bernicat	Un mari à l'essai	1	1	4 »

AUTEURS	TITRES DES ŒUVRES	Hommes	Femmes	Prix net
Pericaud	Un mari en grande vitesse	3	1	4 »
L. Collin	Un mauvais conscrit	2	»	4 »
Chassaigne	Un 1er jour de ménage	1	1	1 »
F. Barbier	Un souper chez Mlle Contat	»	2	5 »
Bernicat	Une aventure de la Clairon	2	2	6 »
Lebreton-Blairat	Une Consultation d	4	3	loc.
Garnier-Vallès	Une Corbeille de Noce	5	3	loc.
E. André	Une drôle de Marquise	2	1	3 »
Claments	Une étoile d'antichambre d	2	1	5 »
Jouhaud	Une femme du quart du monde	2	»	4 »
Villebichot	Une femme qui bégaie d	3	»	6 »
L. Roques	Une femme tombée du Ciel	1	1	5 »
Villebichot	Une fille à trucs	3	1	4 »
Liouville	Une fille en loterie	2	»	4 »
Touzé-Monjardin	Une intrigue chez les Mouchamiel	2	»	loc.
Desormes	Une lune de miel normande	1	1	4 »
L. Collin	Une mariée sans mari	1	1	4 »
Ed. Lhuillier	Une marine à vapeur	1	8	3 »
Desormes	Une mauvaise connaissance	3	»	5 »
Moreau-Darsay	Une mauvaise nuit	2	2	loc.
Ch. Gabet	Une nourrice sur lieu d	2	4	loc.
Moreau-Dorfeuil	Une nuit de Paris d	troupe	8	loc.
Ouhem	Une partie à Robinson	2	»	4 »
Wachs	Une pleine eau à Chatou	2	»	4 »
Bernicat	Une poule mouillée	1	1	4 »
De Paniagua	Une sale Histoire d	3	2	loc.
Chassaigne	Une table de café	2	»	4 »
Robillard	Une tempête conjugale	1	»	4 »
Liger-Aubrun	Urticaire (L')	4	1	loc.
R. Planquette	Valet de cœur	1	1	4 »
J. Walter	Végétariens (Les) d	troupe	1	loc.
Robillard	Vengeance de Ramolli (La)	2	2	4 »
L. Roques	Vénus infidèle (retour de mars) d	1	2	4 »
Moreau-Bouchérat	Vert galant	6	1	loc.
Lebreton-Moreau	Vierges du chahut (Les) d	troupe	1	loc.
Autigeon	Vie de garçon (La) d	6	6	loc.
Desgranges	Vieux Sorcier d	3	3	loc
Burani-Planquette	Vingt-huit jours de Champignolette d	6	1	loc.
Vallès-Talber	Vingt-huit jours de Gorenflot (Les)	7	3	loc.
Ratcée-Corbeau	Vive la Classe d	7	8	loc.
Norman-Vallès	Vive les Bleus	7	4	loc.
Chaudoir	Voilettes magiques (Les)	1	1	5 »
Lebreton-Moreau	Vocation d'Isoline (La)	1	2	4 »
Jacobi	Voilà l'plaisir, mesdames	2	2	4 »
Ch. Hubans	Voiture à vendre d	2	4	loc.
Lebreton-Moreau	Volontaire de 92 (Le) d	troupe	4	4 »
Tac-Coen	Volontaire et vivandière	1	2	1 »
P. Talber	Volupté des dames (La)	4	3	loc.
Guy-Mory-Marius	Zidore d	6	7	loc.

Livrets d'opérettes et de vaudevilles, net : 1 franc.

POUR LES GRANDS OUVRAGES DU RÉPERTOIRE
CONSULTER LE CATALOGUE SPÉCIAL DES
OUVRAGES DE THÉATRE
QUI EST ENVOYÉ FRANCO SUR DEMANDE

MM les Directeurs sont priés de s'adresser à l'Éditeur pour le conducteur et les parties d'orchestre ainsi que pour le service des pièces nouvelles.

Des envois de livrets à choisir sont faits sur demande en port dû aller et retour.

Vannes. — Imp. Lafolye. — 101-1900.